U0002313

角落小夥伴的生活之

角落小夥伴名言2

〔監修〕SAN-X

這裡

讓人好安心

就是這樣的

的名言。

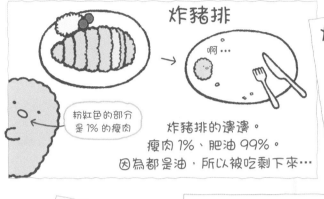

炸豬排

啊…

粉紅色的部分
是 1% 的瘦肉

炸豬排的邊邊。
瘦肉 1%、肥油 99%。
因為都是油，所以被吃剩下來…

炸蝦尾

…

吃剩的…
與炸豬排
是知心好友。

偽蝸牛

其實是一隻身上
背著殼的蛞蝓。
對這個小謊深感抱歉…

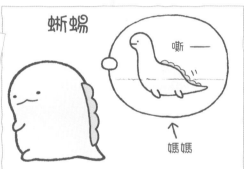

蜥蜴

嘶 ——

↑
媽媽

其實是倖存的恐龍。
因為怕被抓到，所以假冒蜥蜴。
與偽蝸牛推心置腹。

粉圓

哇

哇—

嗯

喝不下了呢

奶茶先被喝光
剩下的…

麻雀

只是一隻平凡麻雀。
很喜歡炸豬排
所以會啄食炸豬排

山

仰慕富士山的
一座小山。

「角落小夥伴」

可愛的角落小夥伴們　陪你一起學習六位偉人

白熊

拖拉拖拉

再也受不了
北方了

從北方逃跑而來，怕冷
又怕生的一隻熊。窩在角落
喝一杯熱茶時，讓他感覺最平靜。

裏布

靜

白熊的行李。
占位子常用到。

貓

咯吱 咯吱

害羞的貓。
常常在角落裡，
背對大家抓牆壁。

企鵝？

以前
長得像
這個樣子…？

對自己是不是企鵝
不太有把握。以前頭上
好像曾有碟子…

雜草

擁有一個夢想
希望有一天能在嚮往的花店裡
被做成一把花束！
積極的小草。

飛塵

角落是
我們的院子！
YA！

幽靈

不想嚇到人
所以總是悄悄的。

咖啡豆老闆

咖啡廳老闆。
據說會沖泡世界上
最美味的咖啡。
寡言。

目
次

「角落小夥伴」就是這樣的

[1]

漢斯・克里斯汀・安徒生的名言（作家／1805─1875）‥‥‥‥ 2

[2]

佛蘿倫絲・南丁格爾的名言（護理師／1820─1910）‥‥‥‥ 22

6

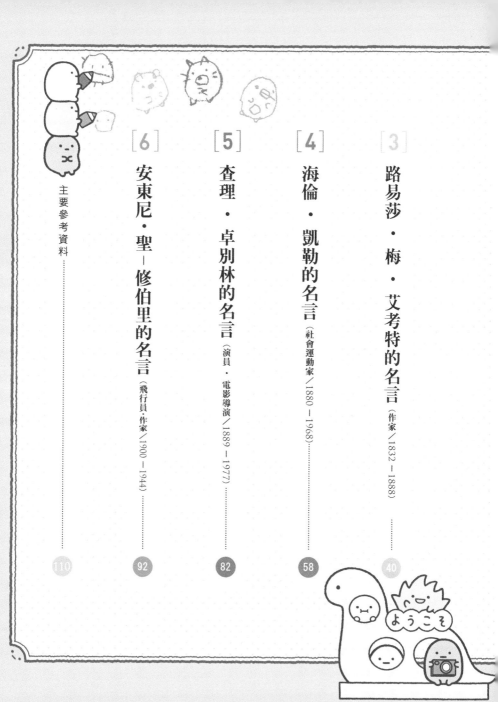

[3]

路易莎・梅・艾考特的名言 （作家／1832－1888）⋯⋯⋯⋯ 40

[4]

海倫・凱勒的名言 （社會運動家／1880－1968）⋯⋯⋯⋯ 58

[5]

查理・卓別林的名言 （演員・電影導演／1889－1977）⋯⋯⋯⋯ 82

[6]

安東尼・聖─修伯里的名言 （飛行員・作家／1900－1944）⋯⋯⋯⋯ 92

主要參考資料⋯⋯⋯⋯ 110

ようこそ

[1]

漢斯・克里斯汀・安徒生名言錄

一手催生了《人魚公主》、《國王的新衣》、《拇指姑娘》、《醜小鴨》、《雪后》、《賣火柴的小女孩》……等廣為人知的眾多童話名作，正是漢斯・克里斯汀・安徒生。

安徒生出生在一個貧窮的鞋匠家中。愛好閱讀的父親常念故事給安徒生聽，教他怎麼玩手作娃娃。在安徒生十一歲時，父親不幸因病去世。喜歡把玩父親留下的娃娃的安徒生，一心嚮往成為演員、歌手，來到首都哥本哈根。但最終未能如願。在人生谷底之際，安徒生結識了宮中顧問官兼任皇家劇院主管的喬納森・柯林。在柯林的幫助下，獲得國王的學費資助。

託柯林的福，得以繼續求學的安徒生，在大學時代發表了遊記，大受好評。隨著作品持續發表，《即興詩人》讓他一躍成為知名詩人。同時，也發表了許多大人、小孩都愛的原創童話故事。他的童話故事貼近貧苦、弱勢的人們，獲得大眾的喜愛，至今仍是人人必讀的經典。

Hans Christian Andersen

（作家／1805-1875）

對我而言
眼前的世界
好似不存在一般，
我生在．
一個幻想與夢想的世界裡。

年幼時的安徒生有些古怪。
甚少和朋友一起玩耍，老愛一人獨自幻想。
因為太愛幻想，甚至常常閉著眼睛走路。

每一位
親切對我說話的人，
都是我的好朋友。

安徒生15歲時，來到大都市哥本哈根。
雖然目標是成為歌手、演員，但是始終不順遂。
儘管如此，仍對身邊的人們的善意心存感謝，相信自己未來的可能性。

只要和他交朋友，
感覺自己
也能成為很棒的人。
世上真的有這樣的人存在。

安徒生將自己創作的腳本送給皇家劇院，獲得劇場主管柯林的青睞。
在柯林的幫助下，獲得國王的學費資助，得以繼續求學之路。
戮力學習的他拜訪了詩人英格曼，深受他的影響，更加努力創作詩作。

徒有才華

缺乏幸運

也是一場空。

但是，

高潔與善良

是絕對不會枯萎的。

決定要成為詩人的安徒生，以《即興詩人》獲得極高評價。
集結創作作品的《童話集》發行後，又發行了以才華與幸運、高潔與善良為題創作的
小說《不過是個提琴手》，獲得眾多讀者喜愛。

我是一個
對小小的危險也感到害怕的
膽小鬼，
但是只要是我認為正確的事，
絕對不閃躲。

安徒生十分敏感、善良、膽小，
但是，卻不畏懼對他作品的任何嚴酷評論，持續寫作。
最後終於成為代表丹麥的知名作家。

富士見溫泉

承認自己的弱點
並不可恥。

安徒生毫不隱藏自己的缺點。
反而主張要認清自身的缺點，努力克服，
才是最重要的事。

漢斯・克里斯汀・安徒生

旅行令人強大！
無論肉體上
或精神上。

安徒生非常熱愛旅行。
探訪名勝古蹟，拜訪海涅、巴爾札克、格林兄弟，
寫下許多出色的遊記。

富有的人們也好，
貧窮的人們也好，
都能讓我遇見
美麗的心靈。

安徒生從貧困中不斷努力成為詩人，
以偉大的作家之姿，獲得各國國王與貴族的邀請作客。
對他而言最重要的，是與擁有善良心靈的人們的交流。

童話不獨屬於孩子，
大人也能樂在其中。

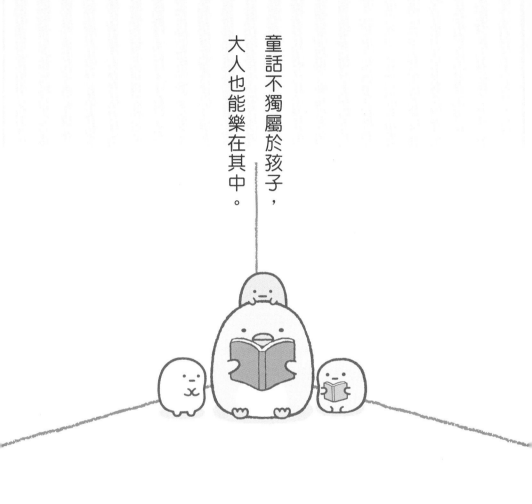

《人魚公主》、《醜小鴨》、《雪后》、《賣火柴的小女孩》⋯⋯
描寫人生的歡樂與悲傷的童話創作，
不只孩子喜歡，也緊緊抓住大人的心。

世界是
光明溫暖的，
能生在其中
是無上的喜悅。

與久違的朋友相聚的安徒生，
敘述著世上的光明與溫暖，及身處其中的喜悅。
他不只愛他的朋友，也愛自己的人生，更愛這個世界。

無論在什麼時代，

最重要的是

「心」與「自然」。

安徒生覺得自己的作品深受眾人喜愛的理由，

應該是作品中充滿「心」與「自然」。

他深信這兩件事比任何事情都重要。

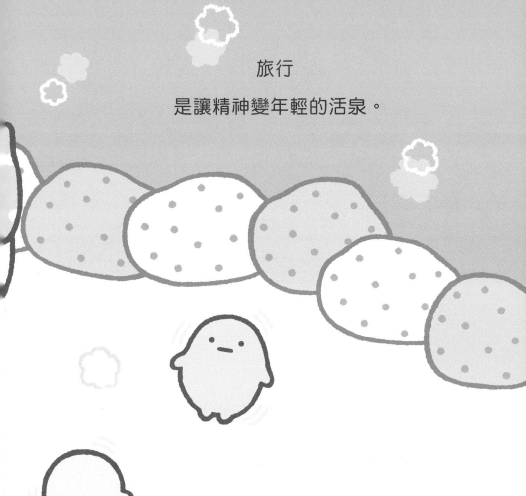

旅行

是讓精神變年輕的活泉。

有人問安徒生
旅行是為了尋找故事的題材嗎？
他表示自己腦中已擁有無限的題材。
旅行則是為了
保持新鮮且年輕的精神去創作。

漢斯・克里斯汀・安徒生　18

Hans Christian Andersen

幸福就是
從小事物
得到滿足，
還有愛人
與被愛。

哇——

對安徒生而言，「幸福」
不是來自於賜予，也不是搶奪而來。
而是，在每天的生活中發生。

漢斯‧克里斯汀‧安徒生

我能聽見所有人
高尚的心靈。
所以，活著是很快樂的。

安徒生以一位文字工作者的身分獲得極大成就。
但是，他在乎的不是富貴名聲，
而是誠實與心靈之美。

佛蘿倫斯・南丁格爾名言錄

從前醫院是一個骯髒、不衛生的地方。現在的醫院能夠時時保持清潔，空氣保持清新流通，大大的窗戶讓陽光灑落進來，這些全都是佛蘿倫斯・南丁格爾掀起的改革結果。

南丁格爾生於英國的上流階層家庭，接受過高等教育。長大後，南丁格爾向家人表達想要成為護理師的決定，得到眾人的激烈反對。當時，上流社會的淑女是不工作的。南丁格爾壓抑了許久，終於在三十一歲得以學習如何成為一個護理師。三十四歲得知克里米亞戰爭現場醫療的慘狀，立即組織了三十八位女性一起前往戰場。在那兒，她察覺到死亡幾乎都源自於惡劣的衛生環境，所以一步一步改善衛生，死亡率因此獲得明顯的改善。南丁格爾也因此被稱為「克里米亞的天使」。

戰爭結束後，南丁格爾以獎金與民眾的捐款創立了護理師養成學校。還派駐講師至世界各國，教導如何成為一位專業的護理師。更執筆著書，大力宣揚衛生的重要與預防醫學的重要。

Florence Nightingale

（護理師／1820-1910）

沒有比無愛的生活、
無目標的生活，
更無趣的事了。

南丁格爾出生時，是英國上流階層家庭的次女。
在當時，女性外出工作是低賤的行為，
但是她仍一心嚮往能從事幫助窮人和病人的工作。

想學習、了解、
認真完成工作的人，
只要願意來，
就接受他吧！

當時，護理師被認為只是照顧病人的看護。
連外出工作都被視為特例的上流社會淑女南丁格爾，
無懼家人的強烈反對，三十一歲時達成願望，成為一位護理師。

任何事物
簡即是好。

這裡讓人好安心

自孩提時期就接受極高規格的教育養成的南丁格爾，
從事護理師的工作之後，發現醫院與護理體制的許多問題。
她將問題點化為數字，以簡要的圖解說服大家，改善了問題。

有無能力
基本上取決於信賴度。

針對人的能力，南丁格爾曾說過：
「人是無法一步登天的。」
而是要逐年往上提升。

佛蘿倫斯・南丁格爾　26

「優雅」不是
慢慢做。
真正的優雅應該是迅速的。

南丁格爾討厭動作緩慢或護理過程慌亂緊張。
她曾說：「能獲得他人信賴的真正的優雅，應該是
迅速而確實的處理工作。」

要將事實傳達給他人的困難，多數人無法理解。

才不像呢…

很像恐龍呢？

人在傳達訊息給他人時，常常遺漏重要的資料，
又擅自加入不必要的內容。
但是正確的治療，必得立足於正確的資訊。

全心全意
真誠的投入。
對任何工作而言
都是最重要的。

南丁格爾成為護理師後，備受鄙視與批評。
她仍努力改變護理師的職責、醫院的做法及醫療的思考方式。
不被批評或讚美左右，她只選擇該做的事。

真心想要完成一件事
就會全心投入。

哎呀

哎呀

啪

獲知克里米亞戰爭中受傷的英國軍人，一個接著一個死亡。
當時三十四歲的南丁格爾在一週內組織了護理師團，前往戰地前線。
發現軍人死亡肇因於醫療環境不衛生。

想要變得
元氣滿滿、快樂、聰明，
請常常曬太陽。

光合作用

當時的醫生與護理師們並不在意清潔。
將陽光引進屋內、時常打掃，保持空氣清新流通，
這些都是南丁格爾不斷推廣，才成為今日的「常識」。

無知
做不了出色的成績。

佛羅倫斯・南丁格爾

慢慢的

呃

black

mountain

Special Set
Sandwich
Coffee

南丁格爾在克里米亞戰爭的戰地醫院進行衛生改革。
很快的，患者的入院死亡率自52%下降至5%。
無知造成的不衛生，是之前高死亡率的主因。

自己
想辦法。
然後，
親自去做看看。

南丁格爾不只宣導主張，而且總是領頭行動。
在戰爭期間，她不僅在白天看護患者，夜裡也不會缺席巡房工作。
患者們感謝那盞在夜裡巡房的微亮燈光，稱她為「提燈女士」。

佛蘿倫斯·南丁格爾

真實的

你。

那就是

我最初的追求。

克里米亞戰爭結束，南丁格爾的豐功偉業獲得極大的讚賞。
她集結獲頒的獎金與人民的捐款，創立了護理師學校。
更大量著書，將護理師應呈現的模樣傳達給世人。

首先
請重視「真實」。

對不起
對不起

南丁格爾除了為護理論述之外，她的其他著作及言行也影響世人。

當時，有戶人家陸續有人死亡，人們都說他們家受到了詛咒。

但是南丁格爾告訴大家，那是因為環境不衛生而造成。

守護健康，
是門藝術。

南丁格爾在書中，宣導守護人們的健康是門藝術。
一直到三十歲都無法從事自己想做的事的南丁格爾，
視護理師為自己的天職，最終顛覆了醫療的現況。

光是想是不夠的。

請起身行動、改善它。

南丁格爾耗費心力說服眾人，進行許多改革。
像是活用許多柱狀圖、圓餅圖等圖表製作資料，
南丁格爾都是史上第一人。

對朋友
請永遠忠誠。
並且，
不要抱持超過朋友以上的
想法。

南丁格爾告訴護理學校的學生，希望他們能找到終生的朋友。
大臣西德尼・哈伯(Sidney Herbert)即在克里米亞戰爭期間始終支持她，
是一位為了協助她實現理想，一同邁步向前的好朋友。

③

路易莎・梅・艾考特
名言錄

　　從前說到少女小說，千篇一律就只有不幸的孩子受盡辛苦，最終得到幸福婚姻的童話風格小說。直到以當時美國普通家庭為背景，歡樂而鮮活描繪出四姊妹生活的《小婦人》發行之後，引發了少女們對這全新風格小說的狂熱。隨後，這本書在全世界都創下極佳銷量。

　　《小婦人》的作者路易莎・梅・艾考特出生在一個不太一般的家庭，是四姊妹中的次女。不太一般的家庭，指的是她的父親布魯森(Amos Bronson Alcott)是位有點先進的教育學者。因為創立理想中的學校，不斷失敗，造成家道中落。

　　儘管如此，一家人的感情始終融洽，路易莎度過了幸福的童年。生活被書本圍繞，父親也擁有許多作家朋友。

　　路易莎二十二歲時，首次發行單行本，即成為暢銷作者，藉著《小婦人》成為偉大的作家。這成為了家人的驕傲，大家都為此感到高興，路易莎也很高興自己有能力可以支撐家庭。經歷過母親與兩位妹妹的去世，一直到五十六歲去世之前，她一直為家人與盼望新作問世的少女持續創作著。

Louisa May Alcott

（作家／1832-1888）

在家裡比在外頭
更享受。

路易莎是特立獨行的教育學者阿莫士‧布魯森‧艾考特
四個女兒中的老二。
家中雖然貧窮卻有許多書籍，路易莎十分喜愛閱讀。

永遠待人以良善。

這是我的心願。

小時候的路易莎是個老在生氣的孩子。

她自己在日記中，寫下對這樣不愉快又憤怒的日子，自我反省的字句。

好幾次都對自己說：「希望自己能成為一個親切的人。」

路易莎‧梅‧艾考特

無論有多小，
這個家中
充滿的都是愛與幸福。

路易莎的家雖然貧苦，感情卻很融洽。
全家白天在附近河邊野餐，
晚上一起演出路易莎編寫的腳本。

就算覺得再辛苦，
也仍再前進一點點吧！
就能再獲得多一點點精神。

路易莎在十六歲時，開始擔任教師工作。
但是仍不足以供應家中所需的生活費，所以也會做些家務或針線活的工作。
並且慢慢的寫些小說賺取稿費。

大家
絕不可以
四處分散。

喀嚓

路易莎二十五歲時，最愛的妹妹艾莉莎貝絲去世。
路易莎一家人，一起輪流照看著纏綿病榻的艾莉莎貝絲。
最終，艾莉莎貝絲心存感謝「大家都能陪著她」的死去了。

我付出的
好像
比我得到的還多。

路易莎成為小說家，賺取了許多稿費。
還了父親的借款、付了最小的妹妹學畫的學費。
給的比取的還多的路易莎表示：「這樣更加幸福。」

我去旅行，
再把它變成
美味的餐點
。

路易莎不只寫小說，也寫了許多遊記之類的紀實文學。
寫小說時，常因為太投入劇情而睡不著搞壞身體，
而紀實文學不需像小說那般投入劇情，能更沉穩平靜的書寫。

我的幸福
就是
大家能在一起。

溫暖　溫暖

路易莎十分熱愛、珍惜家人。
正因為路易莎是這樣的人，才能以自家四姊妹為藍本，創造出《小婦人》，
令許多少女熱烈渴望「我也想過這樣的生活」吧！

路易莎‧梅‧艾考特

找尋
真正的自己吧！
為了打開寬廣大道。

找不到
綠色的企鵝

路易莎曾挑戰過各式各樣的小說類型。
事實上，《小婦人》這類型的少女小說，以前從沒有出現過，
無畏風險的挑戰，才成就了超級暢銷書《小婦人》。

我自己的
船
自己划。

《小婦人》作品中，路易莎以自己為藍本的喬結婚了。
但是路易莎本人嚮往「自由的單身」，終身未婚。
路易莎全心投入小說寫作，留下許多經典作品。

飛向新世界！
總而言之，
只要出發，一定能成功。

路易莎反對當時美國仍存在的奴隸制度，
南北戰爭開始，志願成為反對奴隸制的北軍的護理師。
因而染上重病，導致一生身體虛弱，卻贏得眾人的尊敬。

太刺激的生活，
不適合我。

身為一位成功的作家，路易莎常受邀出席許多社交場合。
雖然路易莎也很享受參加這些華麗的場合，
但是最愛的，仍是聚集著家人的家。

安靜而自由的
小小房間。
那就是
我的幸福。

搖　搖

路易莎一直希望自己能自由自在。
雖然如此，為了工作，真正自由的時間卻不多，
因此更珍惜自己一個人在房間的時光。

大家都能
健康無憂。
感激不盡。

呼…

路易莎三十九歲生日（那天也是父親七十二歲生日）時，
她在日記中寫下感謝大家能共聚一堂。
自兒提時期至晚年，路易莎始終深愛並守護著家人。

能撐過艱難時期，
是託了不起的好朋友的福。

路易莎四十七歲時，最小的妹妹梅死於生產的後遺症。
支撐著被悲傷圍繞的這一家的人，
是父親的好友，也是路易莎所倚賴的詩人愛默生(Emerson)。

我喜歡看幸福的人們。
只要看著，我也覺得好幸福。

最小的妹妹梅留下的女兒露露，由路易莎照養。
路易莎表示：「我終於知道我活著的理由了。」
投入許多關愛，撫養露露長大。

路易莎・梅・艾考特

希望大家
能更幸福。

以小說家獲得大成功的路易莎
對雙親、姊妹們、姪子/姪女、外甥/外甥女們，一視同仁的提供援助。
對珍愛的人們投入關愛，是路易莎最愛的事。

[4]
海倫・凱勒
名言錄

　　海倫・凱勒生於1880年美國南方一戶富裕名門。雙親十分珍視她。但在海倫一歲七個月大時，因病高燒不退，導致失明與失聰。父母為她尋找適合的教育方法，拜訪了電話發明家及社會運動家——亞歷山大・格拉漢姆・貝爾。

　　除了有貝爾對海倫盡心盡力，學習了當時最先進教育方式的二十歲女教師安妮・蘇利文，也來到了海倫家擔任家庭教師。蘇利文老師努力教導六歲的海倫學會文字。曾經只要一有不順心的事，就隨手拿起東西摔的海倫，開始認知到世上萬物都有名字，從此再也沒有任性、粗暴的行為。

　　海倫在蘇利文老師的支持下，努力學習，進入拉德克利夫大學（Radcliffe College）就讀，取得學位。大學就學時期，出版了個人自傳，創造了銷售佳績。畢業後，為追求社會福利提升，至世界各地演講。日本也為紀念海倫的到訪，成立了海倫凱勒協會，對促進身心障礙者福利付出貢獻。

Helen Keller

（社會運動家／1880-1968）

知識是愛，
是光，
是通往未來的
力量。

海倫‧凱勒在一歲七個月大時，因病發高燒喪失視力與聽力。
她生長在寂靜又黑暗的世界中，賜給她說話能力的是蘇利文老師。
海倫曾說那簡直就像是摩西得到十戒一樣的奇蹟。

看過的事物，
我們只要
銘記在心中，
就能夠永遠屬於自己。

失去光明的海倫，始終沒有忘記
在遭受高燒侵襲之前，曾經見過的
無邊無際的寬廣草原、閃耀太陽光芒的藍天與花草樹木。

海倫・凱勒　60

關愛
不存在孤獨的世界裡，
這是第一次
接觸到
愛的言語、行為。

哇—— 有恐龍…

海倫在學習語言之前，一直將妹妹視為搶奪母親的入侵者。
海倫發現喜愛的洋娃娃搖籃裡，躺著還是小嬰兒的妹妹時，
一把就將搖籃打翻。不懂語言的海倫永遠都在生氣。

託朋友的福，

各式各樣的「障礙」，

都成了美麗的恩惠。

海倫的家人深愛著海倫，不斷尋求最新的教育方法。
擁有電話的美國專利的亞歷山大‧格拉漢姆‧貝爾知道海倫的事，提供了協助。
之後在貝爾的介紹下，年輕教育家蘇利文老師來到了海倫家。

Helen Keller

太陽真是太棒了。
因為
在它的溫暖下，
萬物都得以成長。

日光浴

家庭教師蘇利文老師來到了六歲的海倫面前。
教導她世界萬物都有名稱，利用文字對話。
在學習「愛」這個字時，海倫認為那是像陽光一樣的東西。

海倫‧凱勒

我的心與身邊的人的心
被一條看不見的繩子
連繫著。

海倫一直無法真正了解什麼是「愛」。
面對困惑的海倫，蘇利文老師一次又一次的教導她。
終於，海倫了解「愛」就像是一條看不見的繩子，連繫著兩顆心。

比起期待
未來，
我更想
品嘗現在的幸福。

海倫在蘇利文老師身邊學習語言，持續用功學習。
終於進入哈佛大學女子部、拉德克利夫學院就學。
但是大學是個填塞知識的地方，這點讓她感到有些失望。

海倫・凱勒

如果想要學習
真正的知識，
不獨自一人
爬上山是不行的。

登山

對失聰、失明的海倫而言，大學的學習是很辛苦的。
海倫曾表示她無法走上登頂的捷徑，
她只能選擇平緩的道路，向上蜿蜒攀爬。

對我而言，書本的世界就是樂園。

海倫小時候十分喜歡《小婦人》。
就好像和美國普通家庭的四姊妹成為一家人的感覺。
長大後的海倫持續閱讀，也擁有許多家人與朋友。

我想要成為
一個將他人的笑臉
視作
自己的幸福的人。

海倫無法透過自己的眼睛和耳朵去看、去聽見美麗的事物。
儘管如此,她卻可以將他人看見、聽見美麗事物的喜悅
當成自己的喜悅去細細品味。

不管變得多有名，
還是不習慣
在人前出現。

海倫在大學求學期間，出版了自傳。
這本書大暢銷，她與蘇利文老師獲得空前讚譽。
海倫和蘇利文老師卻只是在鄉間買了一間小屋子安靜生活著。

我之所以為我，
是因為我很幸運，
有很棒的人在我身邊。

海倫年輕時，認為能進入最高學府，完全是靠自己的努力。
但是海倫慢慢發現，這份幸運，來自於一直陪伴在旁的蘇利文老師，
及身邊一群很棒的人的協助。

人生前進到哪兒，
都是朝向更新、更棒的
旅程的起點。

為了運用因自傳獲得的知名度推動社會運動，
海倫和蘇利文老師開始在美國各地演講旅行。
兩人十分享受旅途中的樂趣。

海倫‧凱勒

未來的希望
是幸福的一個模樣。

海倫費盡千辛萬苦，獲得豐富的學識。
那麼的努力，學會說話。
海倫能一路堅持忍耐，是因為對未來懷抱希望。

無論是誰，都有歡喜、思慕，
與野心。
你想要的
除了你之外的人也想要。

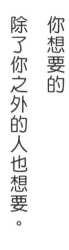

占位子

...

許多人都讀過海倫的自傳，自傳也曾改編成電影、舞台劇。
除此之外，不只美國，巡迴演講也跨足全世界。
那是為了創造一個你我都能深信不疑，去追求幸福的世界。

無論是誰，
接受了
別人幫助，
就更想成為
能幫助別人的人。

海倫的眼睛看不見，耳朵聽不見。
因此接受蘇利文老師及他人許多的幫助。
之後，海倫也為了幫助他人，四處演講。

一個人閉門造車，
就算再怎麼努力
恐怕也毫無進展。

海倫個性內向，但是她身邊有蘇利文老師，還有許多好朋友，
如：亞歷山大・格拉漢姆・貝爾，小說家馬克・吐溫、查理・卓別林、
實業家斯伯丁（Spalding）、羅傑斯（Rogers）、卡內基（Carnegie）、福特（Ford）等等。

沒有人是一樣的。
每一個人
都擁有
獨特的味道。

好煩喔

「人是沒有分別的,我連自己的孩子都分不清楚。」
古怪的發明王愛迪生曾對海倫這麼說。
海倫反駁他:「每人身上的味道都不同。」愛迪生聽完回答:「原來如此。」

一個人的幸福

連結著所有人的幸福。

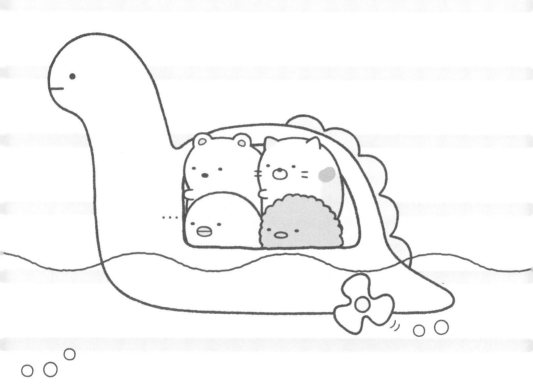

海倫認為自己的人生是神的恩賜。

人與人彼此敬愛，世界就能一點一點變好。

海倫堅信著，並持續前行。

Helen Keller

掌握自己的人生設計圖吧！

這樣，一定能知道

如何活得漂亮。

「從前，這世上的一切，我都一無所知。」
海倫曾這麼說過。在蘇利文老師的幫助下，
海倫描繪出自己的人生設計圖，完成許多事。

人終究能找到
所愛的人、
應該知道的事、
應該做的事。
所以，
不要停止前進的腳步。

只要有人需要她，再遠，海倫都會去。
她也曾至日本演講。
因為她想讓更多人了解身障者的權益。

[5]
查理・卓別林
名言錄

　　「說是膽小也不為過的內向、思慮深遠，再平常的事都能把它變得浪漫的人。」海倫・凱勒曾經這麼描述過這位親密的朋友——查理・卓別林。

　　卓別林於1889年出身於英國一戶從事演藝工作的人家。五歲時，父親去世，母親一手將他與哥哥西德尼撫養長大。母親因為喉嚨疼痛，無法再登上舞台，三人的生活陷入無比嚴峻的貧窮。卓別林和哥哥繼承了父母衣缽，登上舞台賺錢。一切的轉機發生在美國的巡演時。被挖掘出演電影，卓別林立刻創作出《流浪漢》，贏得大眾喜愛。更進而兼任導演、創作劇本，喜劇的趣味加上對弱勢的關懷，留下《孤兒流浪記》(The Kids)、《淘金記》(The Gold Rush)、《城市之光》(City Lights)、《摩登時代》(Modern Times)、《大獨裁者》(The Great Dictator)等許多經典作品。

　　之後被冠上莫須有的罪名，判為共產主義者，遭驅逐出境，但在二十年後，因為長年的功績獲頒葛萊美榮譽獎，八十三歲的卓別林現身會場時，全場響起如雷的掌聲。

Charles Spencer Chaplin
（電影演員・導演／1889-1977）

浪漫與冒險，
那就是我的夢。

查理・卓別林與兄長西德尼
由因喉嚨疼痛無法再上台的媽媽撫養長大。
赤貧的三人夢想著未來的成功，一起互相扶持過生活。

個性最重要，
這是我的信念。

以英國劇團演員身分至美國巡演的卓別林，遇見了改變的契機。
受到電影公司的挖掘，喜劇電影橫空出世，出現在電影界。
接著，他將舞台上的技術帶進了尚未成熟、毫無新意的電影業界。

成功

讓人笑咪咪。

小鬍子、大鞋子、寬垮的褲子、高帽子和拐杖。
卓別林創作的幽默喜劇《流浪漢》，令觀眾無比瘋狂。
成功的他立刻請哥哥擔任經紀人，也將母親帶到美國來。

獲得大眾歡迎，
意味著孤獨得動彈不得。

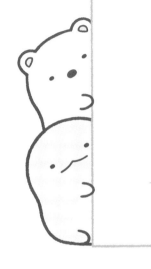

卓別林從小就渴望成功而不斷努力著。
結果，他在電影界獲得成功，成為世界第一的喜劇之王。
但是，那也表示他需要面對處處受人目光關注的孤獨生活。

言語無法形容的事，
才是真正的藝術。

觀賞過傳奇芭蕾舞者—瓦斯拉夫・弗米契・尼金斯基的舞台表演後，
卓別林曾讚賞那是言語無法形容的藝術。
為了電影取材，他總是充滿熱忱的去學習各種藝術。

只要不斷
追尋點子，
一定能得到。

卓別林一人身兼男主角、導演、編劇、配樂等多職。
他的電影總是帶來一次又一次的歡笑與感動。
這些了不起的點子，都是經由一個勁兒的相信，持續追求而來的。

查理‧卓別林

把對方的優點引出來的訣竅，
就是和我談一談。

迎接新演員時，卓別林總會找他談談。
藉此，解除對方的緊張。
他總是如此細心的照顧著身邊的人。

喵一

我的存在
不該建築在他人不幸之上，
應在他人幸福之上。

卓別林的電影總是充滿著對弱者的善意。
在《大獨裁者》中，諷刺當時勢力不斷擴大的納粹希特勒，
在《維杜先生》中，批判戰爭。

查理・卓別林

我所嚮往的生活，
不存在
盛大豪華中，
而是在樸實中。

卓別林遭美國政府認為是共產主義分子，驅逐出境，
之後，幾乎不再拍攝電影，而是居住在瑞士家中。
他與妻子在眾多子孫圍繞下，安靜而幸福的度過餘生。

[6]
安東尼‧聖–修伯里
名言錄

　　身為法國貴族家庭長男的安東尼‧聖–修伯里，父親在他年幼時過世，他在母親娘家的城堡中被撫養長大。在他12歲的夏天時坐上了飛機，許下有一天也要自己飛上天空的心願。進入陸軍航空隊，取得夢想中的飛行執照，退役後，進入載運郵包的航空公司。在當時，長途飛行是很危險的，但是他十分喜愛這份工作。在工作空閒之餘，他寫下了《南方信件》(Courrier Sud)、《夜間飛行》(Vol de Nuit)，以文學創作者成名。

　　公司破產後，他開始挑戰試飛員及遠距離飛行紀錄，經歷數次失敗，幾度與死神交會。《風沙星辰》(Terre des Hommes)的暢銷讓他的生活逐漸安定，但是不久，納粹德國和法國開戰，他回到了軍中，隸屬於危險的遠距離偵查飛行部隊。法國戰敗後，遠渡中立的美國，訴求一起共同對抗納粹德國。描述與納粹的戰役的《戰鬥的飛行員》(Pilote de guerre)登上暢銷排行榜，為反納粹的人們帶來勇氣。《小王子》(Le Petit Prince)也在此時發行。美國參戰後，他加入危險的偵察飛行部隊。在一次偵察飛行中失蹤。

Antoine de Saint-Exupéry

（飛行員‧作家／1900-1944）

與人交心，
讓人更豐富。

出身在貴族世家的安東尼，在陸軍航空隊學習操縱飛機。
退役後，雖然也曾做過銷售員，但是做得不盡理想，所以加入了飛行公司。
當時，操縱飛機還十分危險，因此夥伴間的友情更加堅固。

不把愛說出口

無法表達愛意。

安東尼在航空公司擔任郵務運送外，還將這些經驗寫成小說。
以《南方信件》一書出道，第二本著作《夜間飛行》獲得極高評價。
此時他狂熱的愛上康蘇爾洛，很快的兩人就結婚了。

對我而言，
能睡覺
就很幸福。

郵務運送航空公司破產，安東尼開始從事更加危險的工作。
在試圖打破巴黎往返西貢（現胡志明市）的最短飛行紀錄時，在利比亞沙漠墜機。
與同機的機械師兩人，一起在機身旁睡覺等待救援。

安東尼‧聖-修伯里　96

我並不後悔。

我就是很幸運。

在利比亞沙漠墜機後生還，幾乎是不可能的事。

但是除了對因他的死去感到悲傷的人們感到抱歉以外，他絲毫不後悔。

最後奇蹟似的，在沙漠中行走的遊牧人發現了他，拯救了兩人。

愛不是
彼此凝視，
而是一起
凝望同一目標。

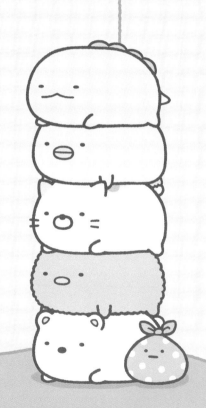

受困利比亞沙漠時，雖然只有為數稀少的食物和水，
安東尼和機械師仍然互相分享，度過那段時間。
安東尼熱愛冒險，更愛共同冒險的好友。

安東尼‧聖-修伯里

不要只是旁觀，
必須加入行動才行。

他將利比亞沙漠的經驗創作出暢銷書《風沙星辰》。
他是一個行動派的人。當祖國法國遭到納粹德國侵略時，
他立即回到法國軍中，自願從事危險的偵察飛行工作。

和平，是知道
什麼地方有什麼東西、
上哪兒去找哪位朋友、
夜晚一個人要睡在哪裡。

角落湖

安東尼愛好和平、友愛朋友、
愛護家人。
當法國受到納粹德國壓迫之
際，他志願從事危險任務。
這是對戰死的朋友、母國的家
人及朋友的責任感所致，他願
意去做。

對朋友最大的禮物，
就是
我依舊精神飽滿。

安東尼以為戰友因守護自己而去世，某天卻傳來他被送到醫院的消息，
立即前往探望。那位朋友也喜出望外。
因為他也誤以為安東尼已死亡，只有他自己生還。

安東尼‧聖－修伯里

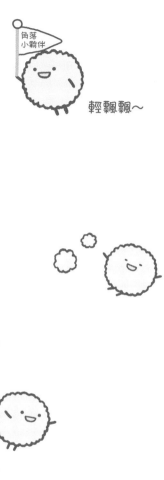

角落
小夥伴

輕飄飄～

我們全心守護的
就是名為「自由」的信念。

耶～！

努力奮戰未能奏效的法國敗北，國土遭納粹德國占領。
熱愛自由的安東尼，堅決反對納粹主張的不寬容主義內容。
因此，遠赴當時保持中立立場的美國，尋求一起對抗納粹的力量。

即使擁有再巨富的財產，也買不到一個真誠的朋友。

安東尼在美國出版了《戰鬥的飛行員》及《小王子》。
正當在商談《小王子》電影化時，身邊的書竟然被朋友帶走了，導致計畫泡湯。
但是他並不怪罪朋友。

只要一個微笑，就能得到回報、

撫平傷害、恢復元氣。

安東尼也十分關心不在他身邊的朋友、家人。

將與友人一起笑談的往事，視為心中的瑰寶。

抱持著守護這份瑰寶的責任感，

他持續挑戰創作。

每個大人
一開始
都曾是個孩子
（但是，大部分的大人
都忘了這件事）。

寫給孩子看的《小王子》，也獻給好友萊昂(Léon Welt)。
安東尼擔心留在法國的猶太人萊昂。
雖然這麼說，因為萊昂當時已是成人，所以這是獻給童年的萊昂。

真正
重要的東西，
並沒有
任何重量。

安東尼的努力也產生效果，終於美國宣布對納粹德國宣戰。
因為他太知名，而且做為一個機師年齡太大，所以負責較安全的後勤補給工作。
但是最終選擇前線的友情，堅持移轉至前線偵查飛行部隊。

除了和平的生存之外，

我別無所求。

四十四歲的安東尼前往執行偵察任務後，再也沒有返回。
他賭上了自己的生命，迎向危險的任務，
而這一切是因為他比任何人都珍愛
朋友和家人可以和平度日的生活。

《伝記　世界を変えた人々14　ヘレン・ケラー》傳記　改變世界的人們14　海倫・凱勒
　　Fiona McDonald著／菊島伊久榮譯／偕成社／1994年

《My Autobiography》
　　查理・卓別林著／Penguin Classics／2003年

《チャップリン自伝》上・下巻 卓別林自傳上・下巻
　　查理・卓別林著／中野好夫譯／新潮文庫／1981年・1992年

《MY FATHER,CHARLIE CHAPLIN》
　　Charles Chaplin, Jr. with N. and M. Raw著／Random House／1960年

《わが父チャップリン》我的父親卓別林
　　C.Chaplin Jr. N&M.Raw著／木槿三郎譯／恒文社／1975年

《チャップリン》上・下巻 卓別林上・下卷
　　David Robinson著／宮本高晴・高田惠子譯／文藝春秋／1993年

《Terre des hommes》
　　安東尼・聖-修伯里著／Distribooks Inc／1972年

《人間の土地》風沙星辰／譯：徐麗松／二魚文化／2015年
　　安東尼・聖-修伯里著／堀口大學譯／新潮文庫／1955年

《Pilote de guerre》
　　安東尼・聖-修伯里著／Gallimard Education／1972年

《戦う操縦士》戰鬥的飛行員／譯：林文琪・王璐幼／水牛／2002年
　　安東尼・聖-修伯里著／堀口大學譯／新潮文庫／1956年

《Écrits de guerre,1939-1944》
　　安東尼・聖-修伯里著／Gallimard／1982年

《平和か戦争か　戦時の記録1　サン＝テグジュベリ・コレクション5》
和平或戰爭　戰時紀錄1　聖-修伯里作品5
　　安東尼・聖-修伯里著／山崎庸一郎譯／美鈴書房／2001年

《ある人質への手紙　戦時の記録2　サン＝テグジュベリ・コレクション6》
給人質的一封信　戰時紀錄2　聖-修伯里作品6
　　安東尼・聖-修伯里著／山崎庸一郎譯／美鈴書房／2001年

《心は二十歳さ　戦時の記録3　サン＝テグジュベリ・コレクション7》
二十歲的心　戰時紀錄3　聖-修伯里作品7
　　安東尼・聖-修伯里著／山崎庸一郎譯／美鈴書房／2001年

《Le Petit Prince》小王子
　　安東尼・聖-修伯里著／HMH Books for Young Readers／2001年

《Mémoires de la rose》
　　康蘇爾洛・聖-修伯里著／Plon／2000年

《バラの回想　夫サン＝テグジュベリとの14年》
玫瑰的回憶　我與丈夫安東尼・聖-修伯里的14年
　　康蘇爾洛・聖-修伯里著／香川由利子譯／文藝春秋／2000年

《サン＝テグジュベリ　伝説の愛》聖-修伯里　傳說的愛
　　Alain Vircondelet著／鳥取絹子譯／岩波書店／2006年

啪答
啪答

主要參考資料

《Das Märchen meines Lebens》
漢斯・克里斯汀・安徒生著／Salzwasser-Verlag GmbH／2012年

《アンデルセン自伝》我的童話人生:安徒生自傳/譯:傅光明/台灣商務/2013年
漢斯・克里斯汀・安徒生著／大畑末吉譯／岩波文庫／1949年

《アンデルセン　ある語り手の生涯》安徒生　說故事的人的生涯
Jackie Wullschlager著／安達麻美譯／岩波書店／2005年

《Collected Works of Florence Nightingale: The Complete Set》
Lynn McDonald,Gérard Vallée著／Wilfrid Laurier Univ.Pr.／2013年

《ナイチンゲール著作集 第一巻～第三巻》南丁格爾著作集第一巻～第三巻
湯槇MASU監修／薄井坦子編纂／現代社／1974年～1977年

《Florence Nightingale: 1820-1910》
Cecil Woodham Smith著／Ulan Press／2012年

《フロレンス・ナイチンゲールの生涯》上・下卷　佛羅倫斯・南丁格爾的一生上・下卷
Cécile Uudam Smith著／武山滿智子・小南吉彥譯／1996年

《伝記　世界を変えた人々5　ナイチンゲール》傳記　改變世界的人們5　南丁格爾
Pam Brown著／茅野美都里譯／偕成社／1991年

《THE JOURNALS of LOUISA MAY ALCOTT》
路易莎・梅・艾考特著／Daniel Shealy, Joel Myerson編輯／Little, Brown & Co／1989年

《ルイーザ・メイ・オールコットの日記—もうひとつの若草物語—》
路易莎・梅・艾考特的日記　另一個小婦人的故事
路易莎・梅・艾考特著／Joel Myerson、Shealy Daniel編輯／宮木陽子譯／西村書店／2008年

《Louisa May》
Norma Johnston著／Simon & Schuster Children's Publishing／1991年

《ルイザ　若草物語を生きたひと》路易莎　活在小婦人裡的人
Norma Johnston著／谷口由美子譯／東洋書林／2007年

《The Story of My Life》
海倫・凱勒著／Dover Publications／1996年

《Midstream My Later Life》
海倫・凱勒著／Nabu Press／2011年

《わたしの生涯》我的一生
海倫・凱勒著／岩橋武夫譯／角川文庫／1966年

《My Religion》
海倫・凱勒著／Book Tree／2007年

《私の宗教　ヘレン・ケラー、スウェーデンボルグを語る《決定版》》
我的信仰　海倫・凱勒　談談斯威登堡《決定版》
海倫・凱勒著／高橋和夫・鳥田惠譯／未來社／2013年

角落小夥伴的生活
角落小夥伴名言 2

監修	SAN-X 株式會社
編輯協力	橫溝由里・小保方悠貴・川崎聖子・桐野朋子（以上、SAN-X 株式會社）
翻譯	高雅淋
企畫選書人	賈俊國
總編輯	賈俊國
副總編輯	蘇士尹
編輯	高懿萩
行銷企畫	張莉滎・廖可筠・蕭羽猜
發行人	何飛鵬
法律顧問	元禾法律事務所 王子文律師
出版	布克文化出版事業部
	台北市民生東路二段 141 號 8 樓
	電話：02-2500-7008 傳真：02-2502-7676
	E-mail：sbooker.service@cite.com.tw
發行	英屬蓋曼群島商家庭傳媒股份有限公司城邦分公司
	台北市中山區民生東路二段 141 號 2 樓
	書蟲客服服務專線：02-25007718；25007719
	24 小時傳真專線：02-25001990；25001991
	劃撥帳號：19863813；戶名：書蟲股份有限公司
	讀者服務信箱：service@readingclub.com.tw
香港發行所	城邦（香港）出版集團有限公司
	香港灣仔駱克道 193 號東超商業中心 1 樓
	電話：+852-2508-6231 傳真：+852-2578-9337
	E-mail：hkcite@biznetvigator.com
馬新發行所	城邦（馬新）出版集團 Cite (M) Sdn. Bhd.
	41, Jalan Radin Anum, Bandar Baru Sri Petaling, 57000 Kuala Lumpur, Malaysia
	電話：+603-9057-8822 傳真：+603-9057-6622
印刷	韋懋實業有限公司
初版	2019 年 1 月 2023 年 6 月初版 44 刷
售價	280 元 ISBN 978-957-9699-46-4

城邦讀書花園
www.cite.com.tw

布克文化
WWW.SBOOKER.COM.TW